LES BEAUX ÉTÉS

6·Les Genêts

- 1970 -

Scénario
Zidrou

Dessin
Jordi Lafebre

Couleurs
Jordi Lafebre, Clémence Sapin et Mado Peña

DARGAUD
BENELUX

Celui-ci va aux facteurs, aux marchés, aux marchands si tôt levés,
au soleil dans le ciel, à Joe Dassin, aux petits pains au chocolat,
et à toutes celles et ceux qui, par le passé comme au jour présent,
doivent se cacher, voire se battre, pour être ce qu'ils sont, tout simplement.

Zidrou

Aucun animal n'a subi de préjudice lors de la réalisation de ce livre.
Merci encore, cher lecteur, de nous suivre depuis tant de kilomètres.

Jordi

Certifié PEFC
Ce produit est issu
de forêts gérées
durablement et de
sources recyclées
et contrôlées.
PEFC
10-31-1800
pefc-france.org

Conception graphique et direction artistique : Philippe Ravon

www.dargaud.com

« IN THE SUMMERTIME » Chanson interprétée par Mungo Jerry – Paroles et musique : Ray Dorset © Dawn Records – 1970
« COMME J'AI TOUJOURS ENVIE D'AIMER » Chanson interprétée par Marc Hamilton – Paroles et musique : Marc Hamilton © Disques Carrere – 1970
« PETIT BONHEUR » Chanson interprétée par Salvatore Adamo – Paroles et musique : Salvatore Adamo © La Voix de son maître – 1969
« L'AMÉRIQUE » Chanson interprétée par Joe Dassin – Paroles de Pierre Delanoë, musique de Jeffrey Christie © CBS Disques – 1970

Dépôt légal : d/2021/0086/281 • ISBN 978-2-5050-8935-3
Achevé d'imprimer en mai 2021 • Dépôt légal : juin 2021
Imprimé et relié en France chez PPO Graphic, 91120 Palaiseau

"J'AI PRESQUE FINI, MADO CHÉRIE. UN JOUR ! DEUX, AU GRAND MAXIMUM !"

TU PARLES ! ÇA FAIT PLUS D'UNE SEMAINE QUE LES BAGAGES, TOI ET MOI, ON POIREAUTE ICI !

DÉSOLÉE, MON BÉBÉ D'AMOUR, MAIS TU VAS ÊTRE ORPHELIN DE PÈRE AVANT MÊME D'ÊTRE NÉ !

"IN THE SUMMERTIME, WHEN THE WEATHER IS HOT..."

"... YOU CAN STRETCH RIGHT UP AND TOUCH THE SKY..."

"IF HER DADDY'S RICH, TAKE HER OUT FOR A MEAL, IF HER DADDY'S POOR, JUST DO WHAT YOU FEEL..."

SNIF !

DU CAFÉ FRAIS !

JE T'AI MIS AUSSI UN BOUT DE CHOCOLAT. NOIR, COMME TU L'AIMES.

MA MADO ! SI TU N'EXISTAIS PAS, J'INVENTERAIS TES AVENTURES !

BONNE NOUVELLE : LES ÉDITIONS DU BON SAMARITAIN SONT AUX ANGES ! ILS ENVISAGENT DE ME COMMANDER UN AUTRE ALBUM, CONSACRÉ, CETTE FOIS, À MÈRE TERESA DE CALCUTTA.

APRÈS LES LÉPREUX DE MOLOKAI, CE SONT LES PAUVRES INDIENS DES BIDONVILLES DE CALCUTTA QUI VONT NOURRIR NOTRE FAMILLE DURANT LES SIX PROCHAINS MOIS.

GÉNIAL ! À CE PROPOS, TA BIOGRAPHIE DU PÈRE DAMIEN, TU L'AS FINIE ?

PRESQUE ! UN JOUR. DEUX, AU GRAND MAXIMUM.

DAMIEN EST EN TRAIN D'AGONISER DANS LES BRAS D'ALOHA, SON TRAGIQUE AMOUR SECRET.

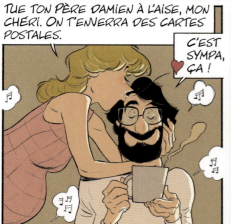

TUE TON PÈRE DAMIEN À L'AISE, MON CHÉRI. ON T'ENVERRA DES CARTES POSTALES.

C'EST SYMPA, ÇA !

AU FAIT, PIERRE, OÙ SONT LES CLÉS DE LA VOITURE ?

SLURP ! DANS LA POCHE DROITE DE MA VESTE.

"ON T'ENVERRA DES CARTES POSTALES" ?!

"LES CLÉS DE LA VOITURE" !?

ATTENDEZ-MOI ! JE TERMINERAI MON ALBUM DURANT NOS VACANCES !!!

EH BIEN, LES FALDÉRAULT, ON DIRAIT BIEN QUE NOUS AVONS TIRÉ LE GROS LOT DU PREMIER COUP !

MAZETTE !

AAAH ! "PIQUE-NIQUE" ! RIEN QUE LE MOT FAIT DÉJÀ VACANCES !

...

PLUS LOIN, JULIE-JOLIE ! ON TE VOIT ENCORE !

HI ! HI !

PRR ! PRR !

PLUS LOIN ! ON VOIT TOUT !

MÊME QUE TA PETITE CULOTTE EST BLANCHE !

EUH !... ON TE VOIT, FILLETTE !

!!!

ET VOUS ALLEZ OÙ, COMME ÇA ?

DANS LE GOLFE DE MARSEILLE. NOUS RETOURNONS AU MÊME ENDROIT QUE L'ÉTÉ DERNIER.

UNE CALANQUE POUR AINSI DIRE SAUVAGE QUE NOUS AVAIENT INDIQUÉE DES MARSEILLAIS EXILÉS À TROYES : UN VRAI PETIT PARADIS ! *

ET VOUS ALLEZ FAIRE QUOI, LÀ-BAS ?

RIEN.

RIEN ? C'EST BIEN, RIEN !

PAPA ! PAPA !

ILS VENDENT TES ALBUMS DE "FOUR" JUSQU'ICI !!!

QUOI ?!

AH ! AH ! JE SAVAIS QUE JE N'AURAIS JAMAIS DÛ ARRÊTER ! C'ÉTAIT DE L'OR EN BARRE, CETTE SÉRIE !

T'AS VU ?

ILS EN ONT MÊME TOUT PLEIN TELLEMENT QU'ILS AIMENT BIEN !

* REVIVEZ VOS VACANCES DE L'ÉTÉ 69 DANS LE TOME 2 : "LA CALANQUE".

MAINTENANT, ON NE S'ARRÊTE PLUS AVANT QUE MAM'ZELLE ESTÉREL N'AIT LES ROUES AVANT DANS LA MÉDITERRANÉE !

MÊME SI ON CROISE UNE VIEILLE MADAME QUI PORTE DU BOIS SUR SON DOS, MAIS QU'EN RÉALITÉ C'EST UNE GENTILLE FÉE AVEC UNE BAGUETTE MAGIQUE ?

MÊME ! ON SERA OBLIGÉS DE LA LAISSER SUR LE BORD DE LA ROUTE : CETTE VOITURE EST PRÉVUE POUR CINQ PERSONNES SEULEMENT.

PAS HUIT ! PAS SEPT ! PAS SIX ! CINQ !

ENFIN, CINQ ET DEMI !

DIS, MAMAN... LE BÉBÉ, EST-CE QU'IL ENTEND QUELQUE CHOSE ?

ABSOLUMENT TOUT, MA NICOLE.

C'EST POUR CELA QU'IL NE FAUT LUI DIRE QUE DES MOTS TOUT DOUX.

PFFF ! QUEL LAMBIN, CE CAMION ! C'EST PAS PARCE QUE NOUS SOMMES EN BOURGOGNE QU'IL FAUT SE CROIRE OBLIGÉ D'AVANCER COMME UN ESCARGOT !

CRNK !

PAPA ! ATTENTION !

NOM DE...!!!

PERSONNE N'EST BLESSÉ ?!

SI ! MAM'ZELLE ESTÉREL.

GROS MOT

TRÈS GROS MOT

GROS MOT

ET BIEN SÛR, CE CONNARD DE CONTINUÉ SA PUTAIN DE ROUTE CAMION DE MERDE A COMME SI DE RIEN N'ÉTAIT !!!

CHUUUT, PAPA ! PAS DE GROS MOTS ! LE BÉBÉ ENTEND TOUT !

ALORS ÇA !

C'EST UNE BLAGUE, OU QUOI ?!?

ATTENTION ! CHUTE DE PIERRES

J'AI JUSTE PU ÉVITER LES CAILLOUX QUI NOUS TOMBAIENT DESSUS !

PLUS DE PEUR QUE DE MAL, HEUREUSEMENT !

ET VOILÀ ! COMME ÇA, AU MOINS, VOUS POUVEZ ROULER. À 30 KM/H MAXI. MAIS VOUS POUVEZ ROULER.

J'AI TÉLÉPHONÉ AU GROSSISTE, À DIJON : LUNDI MATIN, À LA PREMIÈRE HEURE, VOTRE NOUVEAU PARE-BRISE SERA LÀ.

QUOI ?! QUOI ?! LUNDI ?! MAIS... OÙ ALLONS-NOUS DORMIR D'ICI LÀ ?

JUSTE ! ET ALLEZ TROUVER UNE CHAMBRE D'HÔTEL LIBRE DANS LE COIN, EN PLEIN MOIS D'AOÛT ! AUTANT ESPÉRER DE LA NEIGE !

À MOINS QUE...? ESTHER, T'AURAIS PAS UNE P'TITE PLACE, AUX GENÊTS, POUR CES MALHEUREUX ?

MAIS SI, BIEN SÛR !

ENCHANTÉE ! NE FAITES PAS ATTENTION À MA TENUE : JE REVIENS DE CHEZ LE NOTAIRE.

MADELEINE. MADELEINE FALDÉRAULT.

MON MARI, PIERRE. ET PAR ORDRE D'APPARITION À L'ÉCRAN : JULIE, NICOLE ET LOUIS.

BIENVENUE AUX GENÊTS !

M... MAZETTE !

VOUS POUVEZ PLANTER VOTRE TENTE EN BAS DE LA PÂTURE, LÀ-BAS, À L'OMBRE DES AULNES. COMME LA TROUPE SCOUTE, L'ANNÉE DERNIÈRE.

TU AS RAMENÉ DES RENFORTS, ESTHER ?

MADELEINE, PIERRE, JE VOUS PRÉSENTE ESTELLE !

VOTRE SŒUR, JE PRÉSUME ?

ENCHANTÉ ! POSITIVEMENT ENCHANTÉ !

BON, JE VAIS ME CHANGER. J'EN AI MARRE D'ÊTRE DÉGUISÉE EN SPEAKERINE DE TÉLÉVISION !

VENEZ VOUS ASSEOIR UN PEU AU FRAIS, MADELEINE.

BONNE IDÉE ! REPOSE-TOI, MA CHÉRIE. LES ENFANTS VONT M'AIDER À TOUT DÉCHARGER.

C'EST BON, HEIN ! JE SUIS ENCEINTE, PAS HANDICAPÉE !

BIEN SÛR !...

BONNE NUIT, BÉBÉ !

BONNE NUIT, PETITE SŒUR !

BONNE NUIT, PETIT FRÈRE !

LE BÉBÉ SERA UNE FILLE ! MÊME QU'ON L'APPELLERA FIFI BRINDACIER !

UN GARÇON ! ET IL S'APPELLERA TARZAN !

CHUUT ! LE BÉBÉ DORT !

COMMENT QUE TU LE SAIS ?

IL RONFLE. COMME PAPA !

J'ENTENDS TOUT !

HI HI !

HHG_!

HH_!

EXTINCTION DES FEUX ! DORMEZ BIEN, MES TROIS CADEAUX DU CIEL !

BONNE NUIT, MAMAN !

MISSION ACCOMPLIE, MON GÉNÉRAL !

ET MOI QUI CROYAIS PRENDRE MON PREMIER BAIN DE MINUIT DÈS CE SOIR, DANS "NOTRE" CALANQUE...!

BAH ! CE N'EST QUE PARTIE REMISE. TU AS ENTENDU LE GARAGISTE : LUNDI SANS FAUTE, MAM'ZELLE ESTÉREL ARBORERA UN PARE-BRISE TOUT NEUF !

BÂÂÂW ! DODO ! DEMAIN, JE ME LÈVE AVEC LES POULES.

AU PLUS VITE J'EN AURAI FINI AVEC CES TROIS MAUDITES DERNIÈRES PLANCHES, AU PLUS VITE JE SERAI POUR DE BON EN VACANCES !

PF!

TU SAIS, MON AMOUR, IL N'Y A PAS QUE POUR TON ALBUM QUE TU ACCUSES UN RETARD IMPARDONNABLE...!

MGN ? QUOI ?

HMM ! VOILÀ CE QUE J'APPELLE "FAIRE CONTRE MAUVAISE FORTUNE BON COEUR " !

HI ! HI ! IDIOT !

OUI !

BIZZ...!

HMM !

!

OH !

H !

HM..!

OH..!

ON ENTEND TOUT !

CH...

QUOI ?! QUOI ?! DÉJÀ 11 HEURES MOINS 10 ?!?

LES ENFANTS ?! OÙ SONT PASSÉS LES ENFANTS ?!

UN MESSAGE ! LÀ !

On a faim. On va chez les deux Madames.

Julie   Nicole   Louis

BONJOUR !

LES DEUX MADAMES FONT LEUR PAIN ELLES-MÊMES !

CHUMP ! CH'EST CHUPER BON, MAMAN !

ET LA CONFITURE AUCHI !

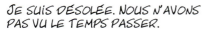

JE SUIS DÉSOLÉE. NOUS N'AVONS PAS VU LE TEMPS PASSER.

LA FATIGUE DE LA ROUTE...!

IL N'Y A PAS DE QUOI, VOYONS ! ASSEYEZ-VOUS !

VOS ŒUFS, VOUS LES PRÉFÉREZ À LA COQUE OU SUR LE PLAT ?

À LA COQUE !

SINON, VOUS FAITES QUOI DANS LA VIE ?... À PART DES ENFANTS, JE VEUX DIRE...

JE PASSE MA VIE AU MILIEU DES BULLES.

ET MOI, AU MILIEU DES GODASSES. PFFF !

VOUS ÊTES DANS LE CHAMPAGNE ?

MIEUX : JE FAIS DE LA BANDE DESSINÉE.

OUI, ENFIN !... DE LA BANDE DESSINÉE RELIGIEUSE.

BON. CE N'EST PAS TOUT ÇA, MAIS LES CHÈVRES DOIVENT COMMENCER À TROUVER LE TEMPS LONG. QUI VIENT M'AIDER À LES SORTIR ?

MOI, MADAME !

VOUS AVEZ DES CHÈVRES ?!?

ET DES LOUPS ? VOUS EN AVEZ AUSSI, DES LOUPS ? COMME DANS "LA CHÈVRE DE MONSIEUR SANGUIN" ?

"SEGUIN" !

SI VOUS VOULEZ BIEN M'EXCUSER, JE VAIS FAIRE COMME LES MONTOIS : "PANSE PLEINE, COMPAGNIE ROMPUE" !

MES LÉPREUX M'ATTENDENT !...

À PROPOS, ESTELLE... À PART DES RAVIOLIS EN BOÎTE, DE LA SOUPE EN SACHET ET DU CAFÉ EN POUDRE, IL NE NOUS RESTE PAS GRAND-CHOSE À MANGER. CONSENTIRIEZ-VOUS À NOUS VENDRE DES PRODUITS DE VOTRE EXPLOITATION ?

J'ALLAIS VOUS LE PROPOSER.

ŒUFS FRAIS, CONFITURES, PÂTÉ MAISON, FROMAGES, FRUITS DU VERGER...

FAITES VOTRE MARCHÉ !

BÊÊÊ...!

ALLEZ, OUSTE ! DEHORS, LES BIQUETTES !

MMÊÊ...

BÊ !

BÊÊÊE...

ÛÊ

BÊ

BÊE...BÊE...!

BÊE...!

BE !

BE !

BE !

MÊ !

BÊ !

BÊÊE...

BÊÊÊ !

TU VOIS ? MIREILLE MATHIEU VA BIENTÔT METTRE BAS. SES MAMELLES SONT TELLEMENT GONFLÉES DE LAIT QU'ELLES LUI FONT MAL, JE VAIS LA TRAIRE.

VOUS AVEZ APPELÉ VOTRE CHÈVRE MIREILLE MATHIEU ?! COMME LA CHANTEUSE ?!?

ELLES ONT UN PEU LA MÊME VOIX, TU NE TROUVES PAS ?

IL EST OÙ, VOTRE MARI ?

JE SUIS DIVORCÉE.

J'AI UNE GRANDE FILLE. ELLE AURA 18 ANS EN DÉCEMBRE PROCHAIN.

ELLE N'HABITE PAS AVEC VOUS ?

ELLE VIT AVEC SON PAPA. À PARIS. NOUS... NOUS SOMMES UN PEU EN FROID, TOUTES LES DEUX, POUR L'INSTANT.

MA MAÎTRESSE DIT TOUJOURS QUE CE N'EST PAS BIEN DE SE DISPUTER, QUE ÇA FAIT DES BOBOS AU CŒUR.

ENCORE !

EN FAIT, JE DEVRAIS FAIRE CELA PLUS SOUVENT, TRAVAILLER EN PLEIN AIR !

JE ME SENS L'ÂME D'UN PAUL CÉZANNE !

UN COLIS POUR VOUS, ESTELLE !

VOUS AVEZ DE LA VISITE, À CE QUE JE VOIS !

HERBERT, JE VOUS PRÉSENTE MADELEINE.

MADEMOISELLE !

ENCHANTÉE...

PARDON : MADAME !

VOUS VOUS ÊTES ENCORE TROMPÉ, HERBERT. CE COLIS N'EST PAS POUR NOUS MAIS POUR LES ANGLAIS DES TROIS BAUDETS.

QUE...? ÇA ALORS ! J'AURAIS POURTANT JURÉ...

VOUS PRENDREZ BIEN UN PETIT ALCOOL DE PRUNE ? POUR VOUS CONSOLER DU DÉTOUR QUE VOUS AVEZ FAIT INUTILEMENT...

SI VOUS INSISTEZ !...

ET VOUS, VOTRE COLIS, IL EST CENSÉ VOUS ÊTRE LIVRÉ QUAND ?

VERS LA MI-OCTOBRE.

POUR AUTANT QUE VOUS L'AYEZ OBLITÉRÉ CORRECTEMENT !

23

SUR LA BOUCHE ?!?

ELLES JOUAIENT AU PAPA ET À LA MAMAN, MAIS... SANS PAPA !!

LES DEUX MADAMES, C'EST DES HOMOSEXUELLES !!

C'EST QUOI, DES... "NOMOSEXUELLES" ?

DES HOMOS, TIENS !

...

OU ALORS, UNE DES DEUX MADAMES, POUR DE VRAI, C'EST UN MONSIEUR DÉGUISÉ. TU SAIS, COMME DANS LE FILM QU'ON A VU À LA TÉLÉ AVEC LE GENTIL ESPION AMÉRICAIN QUI S'HABILLAIT EN FEMME POUR NE PAS ÊTRE PRIS PAR LES MÉCHANTS RUSSES !

PFF ! N'IMPORTE QUOI ! C'EST DES HOMOS, J'TE DIS !

UN ESPION !

DES HOMOS !

C'EST QUOI, DES... "ZOMOS" ?

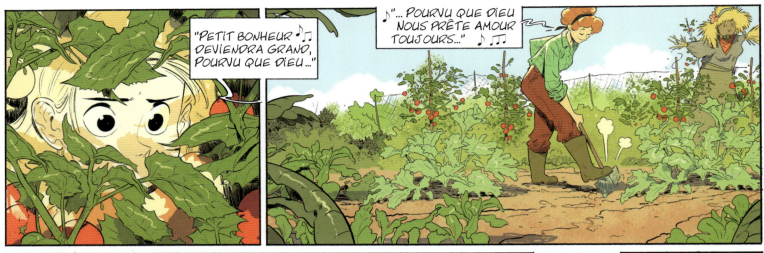

AH ! TU VOIS QUE LES MADAMES, C'EST PAS DES MONSIEURS : ELLES ONT DES SEINS !

ON PARIE COMBIEN QUE C'EST PAS DES VRAIS NÉNÉS ?

EUH !... AH OUI, C'EST DES VRAIS NÉNÉS.

CETTE FOIS, C'EST SÛR : CE SONT DES... EUH !... COMMENT ON DIT, ENCORE ?

DES LESBIENNES.

C'EST QUOI, DES... "LÈCHE-BIENNES" ?

DES LESBIENNES. C'EST COMME SI PAPA, AU LIEU D'ÊTRE UN HOMME, C'ÉTAIT UNE FEMME ET QUE MAMAN S'ÉTAIT QUAND MÊME MARIÉE AVEC LUI.

VOTRE PARE-BRISE SERA ICI APRÈS-DEMAIN SANS FAUTE. LE GROSSISTE ME L'A PROMIS SUR LA TÊTE DE SA BELLE-MÈRE.

ÇA, C'EST POUR LA MAUVAISE NOUVELLE. LA BONNE NOUVELLE, C'EST QUE JE VOUS FERAI 50% SUR LA POSE DU PARE-BRISE.

CE SERA, COMME QUI DIRAIT, MON CADEAU DE NAISSANCE POUR LE POLICHINELLE QUE VOUS AVEZ SOUS LE CAPOT.

IL DOIT NAÎTRE SEULEMENT DANS SIX SEMAINES, LE... "POLICHINELLE" !!

ARRÊTEZ DE POUFFER COMME ÇA TOUT LE TEMPS, À CHAQUE FOIS QUE VOUS ME REGARDEZ !

DÉPÊCHEZ-VOUS PLUTÔT DE TERMINER VOTRE DÉJEUNER*, J'AI BESOIN DE LA TABLE POUR TRAVAILLER.

ENCORE HEUREUX QUE J'AIE DEMANDÉ À NOS HÔTESSES LA PERMISSION DE TÉLÉPHONER AU GARAGISTE : CE FICHU PARE-BRISE N'EST TOUJOURS PAS ARRIVÉ !!

QUOI ?! QUOI ?!...

NOUS SOMMES COINCÉS ICI JUSQU'À MERCREDI.

SI VOUS LE SOUHAITEZ, ON PEUT REGARDER S'IL N'Y A PAS DES TRAINS QUI DESCENDENT JUSQU'À MARSEILLE...

ET ABANDONNER MAM'ZELLE ESTÉREL DERRIÈRE NOUS ?!?

DANS L'ÉTAT OÙ ELLE EST ?!?

JAMAIS !!

*PETIT-DÉJEUNER BELGE.

VOTRE JOLI BOUT D'SŒUR VOUS A LAISSÉE TOMBER AUJOURD'HUI, ESTHER ?

EH OUI, "BRAS D'HONNEUR" ! FORT HEUREUSEMENT, J'AI PU TROUVER DEUX NOUVELLES ASSISTANTES.

C'EST MON BRAS QUE TU REGARDES COMME ÇA, PRINCESSE ?

JE L'AI PERDU EN FAISANT UN BRAS D'HONNEUR À DES GENDARMES.

CE QUI PROUVE BIEN, JEUNE FILLE, QU'IL NE FAUT JAMAIS FAIRE DE BRAS D'HONNEUR.

PAS MÊME À DES GENDARMES !

MADAME DE BRIZEVUE !

BONJOUR, MA PETITE ESTHER. VOUS AVEZ ENGAGÉ DU PERSONNEL, JE VOIS !

CHÈRE CLIENTE, PERMETTEZ-MOI DE VOUS RECOMMANDER CHAUDEMENT NOTRE CONFITURE DE FRAMBOISES.

FORT BIEN. VOUS M'EN METTREZ UN POT.

ET UN FROMAGE AUX FINES HERBES.

SOUPIR ! ET DIRE QU'IL ME RESTE ENCORE À DESSINER LA SCÈNE DE LA CRÉMATION SUR LA PLAGE AVEC LES CENTAINES DE LÉPREUX RÉUNIS POUR RENDRE LEUR DERNIER HOMMAGE AU PÈRE DAMIEN !!

BOUGE PAS TANT, MAMAN !

VOUS M'AVIEZ DEMANDÉ UN PEU DE LECTURE, MADELEINE...

VOILÀ DE QUOI FORGER LA CONSCIENCE POLITIQUE DE VOTRE PROGÉNITURE !

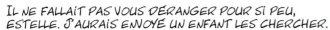

IL NE FALLAIT PAS VOUS DÉRANGER POUR SI PEU, ESTELLE. J'AURAIS ENVOYÉ UN ENFANT LES CHERCHER.

C'EST MALIN ! T'AS BOUGÉ ! MAINTENANT, LE PROTRAIT DE MON PETIT FRÈRE, IL EST TOUT RATÉ !

JE SUIS DESCENDUE POUR VOUS INVITER À DÎNER*, VOUS ET VOTRE PETITE FAMILLE. JE VOUS PRÉPARERAI MON CÉLÈBRE POULET RÔTI AUX PRUNES.

AVEC DES FRITES ?!

D'ACCORD, BONHOMME : AVEC DES FRITES ! MAIS POUR CELA, IL FAUDRA QUE TU M'AIDES À ÉPLUCHER LES POMMES DE TERRE. LA RÉPUTATION DES BELGES N'EST PLUS À FAIRE EN LA MATIÈRE.

*SOUPER FRANÇAIS.

VOUS AVEZ UN EXCELLENT CONTACT AVEC LES ENFANTS !

J'ÉTAIS INSTITUTRICE EN MATERNELLE, AVANT. C'EST POUR ÇA.

JE ... JE VOUS LAISSE. À 20 HEURES, LE DÎNER.

DIS, MAMAN, LES MADAMES, ELLES PEUVENT SE MARIER ENTRE ELLES ?

POURQUOI ME DEMANDES-TU CELA, MON GRAND ?

ET PUIS D'ABORD : COMMENT ELLES FONT POUR FAIRE DES BÉBÉS ?

OUI, PARCE QUE POUR FAIRE DES BÉBÉS, LE PAPA, IL DOIT METTRE SON ZIZI DANS LA MAMAN. MAIS LES MADAMES, ELLES N'ONT PAS DE ZIZI. ALORS, COMMENT ELLES FONT ?

VOTRE ZIZI EST LOIN D'ÊTRE LA BAGUETTE MAGIQUE QUE TU IMAGINES, MON CHÉRI. NOUS, LES FILLES, NOUS AVONS NOS PROPRES TOURS DE MAGIE.

DES TOURS DE MAGIE ?! TU ME LES APPRENDRAS ?

UNE PRESTIDIGITATRICE NE RÉVÈLE JAMAIS SES SECRETS !

ACTUEL
À bas la Société mâle !

SHHHH SHHH SHHHH SHHH SHHHH SHHH...

Y A MÊME UN GENTIL MONSIEUR QUI NOUS A DONNÉ UN FRANC FRANÇAIS DE POURBOIRE.

UN FRANC À CHACUNE !

MAZETTE !?!

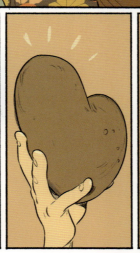

UNE POMME DE TERRE EN FORME DE CŒUR !?!

POUR TOI, MAMAN : CADEAU !

MERCI, MA GRANDE !

!!!

KWIIIIT ! KWIIIIT !

?!?

TU AS TORT DE NE PAS GOÛTER, JULIE-JOLIE : LE POULET EST VRAIMENT DI-VIN !

JE NE ME RENDRAI PAS COMPLICE D'UN ASSASSINAT !

VRAIMENT ? D'OÙ CROIS-TU, ALORS, QUE VIENNENT LES SAUCISSES ET LES STEAKS QUI ATTERRISSENT DANS TON ASSIETTE ?

BEN, DU SARMA* !

CHÈRES HÔTESSES, DEMAIN SERA NOTRE DERNIER JOUR AUX GENÊTS. AUSSI, POUR VOUS REMERCIER DE VOTRE HOSPITALITÉ, MON ÉPOUSE ET MOI AIMERIONS VOUS INVITER À DÎNER AU RESTAURANT.

LE MEILLEUR D'AVALLON !

NOUS AUSSI, ON EST INVITÉS AU RESTO, PAPA ?

BIEN SÛR, NICOLE. JE VOUS INVITE TOUS AUTANT QUE VOUS ÊTES : LES HUMAINS, LES LAPINS, LES CHÈVRES... TOUT LE MONDE !

EN PARLANT DE CHÈVRES... QUI SE SACRIFIE POUR ALLER LEUR DONNER LES RESTES DE SALADE ET DE PAIN ?

MOI !

NON, MOI !

MOI Z'AUSSI !

* CHAÎNE DE GRANDES SURFACES À L'ÉPOQUE.

35

ATTENDEZ, ESTELLE !
JE VAIS VOUS AIDER !

COUCHÉ, TOI !

!

OÙ EST-CE QUE JE DOIS RANGER LE RESTE DE POUL...

?!?

EUH !... JE... EXCUSEZ-MOI !

PWIII !

IL Y A QUELQU'UN ?...

PWIIITPI-UTPIUT !!

BAAAAW !

OÙ SONT LES ENFANTS ?

À TON AVIS ?

NE ME DIS PAS QUE...?

SI !

ILS ONT PASSÉ LA NUIT AU CHEVET DE MIREILLE MATHIEU ET DE SES PETITS CHEVREAUX.

OH ! ESTELLE ! JE VOUS AI RÉVEILLÉE ? DÉSOLÉ ! J'ÉTAIS LOIN DE M'IMAGINER QU'À CETTE HEURE...

LA NUIT A ÉTÉ... AGITÉE !

C'EST POUR MOI ?

IL Y A VOTRE NOM ET VOTRE ADRESSE DESSUS, EN TOUT CAS !

DE QUI CELA PEUT-IL BIEN ÊTRE ?

DE VOTRE AMOUREUX, PEUT-ÊTRE ?

RR

38

ON A DÉJÀ TROUVÉ UN NOM POUR CHACUNE DES PETITES CHÈVRES !

CASTAGNETTES.

SAPERLIPOPETTE.

ET NOISETTE. À CAUSE DE SA COULEUR.

ET ELLE, C'EST CHAUSSETTES !

"CHAUSSETTES" ?!

OUI. À CAUSE QU'ON DIRAIT QU'ELLE A DEUX CHAUSSETTES À SES PATTES DE DEVANT !

HI ! HI ! ARRÊTE, TOI !

LE RAVITAILLEMENT DU STAFF MÉDICAL !

MADELEINE... CONCERNANT CE QUE VOUS AVEZ VU, HIER SOIR... PERSONNE, EN FAIT, NE SAIT QU'ESTELLE ET MOI... LA PLUPART DES HABITANTS CROIENT QUE NOUS SOMMES DEUX SŒURS, ET...

EH BIEN, ON EN RESTERA À LA VERSION OFFICIELLE !

DIS, MAMAN, ON POURRA PRENDRE CHAUSSETTES À LA MAISON ?

TIENS ! JE NE M'Y ATTENDAIS PAS DU TOUT, À CETTE QUESTION-LÀ !

"L'AMÉRIQUE, L'AMÉRIQUE, JE VEUX L'AVOIR ET JE L'AURAI..."♪

♪ "L'AMÉRIQUE, L'AMÉRIQUE, SI C'EST UN RÊVE, JE LE SAURAI..."♪

"TOUS LES SIFFLETS DE TRAINS, TOUTES LES SIRÈNES DE BATEAUX..."♪♪ ♪♪♪

COMMENT SE PORTE NOTRE PASSAGER CLANDESTIN ?

SI ON NE L'ENTEND PAS, C'EST QUE TOUT VA BIEN.

MARRE QUE C'EST TOUJOURS MOI LE PLUS PETIT ! QUAND LE BÉBÉ SERA LÀ, C'EST LUI QU'ON METTRA DANS LE COFFRE !

MADEMOISELLE A FAIT SON CHOIX ?

JE VAIS COMMENCER PAR... LA MOUSSE AU CHOCOLAT !

APRÈS, JE PRENDRAI VOTRE ENTRECÔTE SAUCE DOMECY, LÀ ! AVEC BEAUCOUP, BEAUCOUP DE FRITES.

ET PUIS JE TERMINERAI PAR LE PÂTÉ DE CANARD.

PAS DE VIANDE, POUR MOI !

SI MADEMOISELLE VEUT BIEN ME PERMETTRE... D'ORDINAIRE, ON PREND D'ABORD L'ENTRÉE, PUIS LE PLAT **ET ENSUITE SEULEMENT,** ON TERMINE PAR LE DESSERT.

BAH ! À QUOI ÇA SERT D'ÊTRE EN VACANCES SI C'EST POUR FAIRE COMME "D'ORDINAIRE" ? JE VAIS DONC SUIVRE L'EXEMPLE DE... "MADEMOISELLE".

JE COMMENCERAI PAR UNE ÎLE FLOTTANTE. ENSUITE, JE PRENDRAI VOTRE TRUITE AU BLEU. PUIS JE TERMINERAI PAR VOS CUISSES DE GRENOUILLE.

LA MÊME CHOSE POUR MOI. ET DANS LE MÊME ORDRE, JE VOUS PRIE.

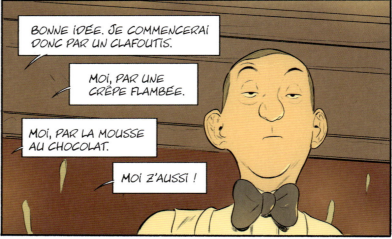

BONNE IDÉE. JE COMMENCERAI DONC PAR UN CLAFOUTIS.

MOI, PAR UNE CRÊPE FLAMBÉE.

MOI, PAR LA MOUSSE AU CHOCOLAT.

MOI Z'AUSSI !

TENEZ ! TENEZ ! QUI VOILÀ ? MES CHARMANTES PETITES VENDEUSES !

VOUS ÊTES LES HEUREUX PARENTS DE CES CHARMANTES DEMOISELLES ? TOUTES MES FÉLICITATIONS !

PIERRE ET MADELEINE, NOS "NAUFRAGÉS DE LA ROUTE". ET LEURS TROIS ENFANTS.

TROIS ENFANTS ?! VOUS ÊTES COURAGEUSE. EN CE QUI ME CONCERNE, UN, ÇA M'A AMPLEMENT SUFFI.

JE CONSTATE, DE SURCROÎT, QUE LE QUATRIÈME EST DÉJÀ EN ROUTE ?!

BEN NON. JUSTEMENT. ON N'EST PAS EN ROUTE, CAUSE QUE MAM'ZELLE ESTÉREL, ELLE A EU UN ACCIDENT.

OH ? LA PAUVRE JEUNE FEMME ! RIEN DE GRAVE, J'ESPÈRE ?

LE BÉBÉ, C'EST PAPA ET MAMAN QUI L'ONT FABRIQUÉ EN FAISANT L'AMOUR, SANS FAIRE DU BRUIT PARCE QUE, SINON, NOUS, ON ENTEND TOUT.

TU... TU M'EN DIRAS TANT !

LES MADAMES, ELLES FONT L'AMOUR AUSSI, MAIS ELLES NE PEUVENT PAS AVOIR DE BÉBÉS PARCE QU'ELLES SONT DES NOMOSEXUELLES.

LOUIS !

À LA PLACE, ELLES ONT EU DES PETITES CHÈVRES. MÊME QU'ELLES SONT SORTIES PAR LE TROU POUR FAIRE PIPI DE MIREILLE MATHIEU.

LOUIIIIIS !

BEN QUOI ! C'EST VRAI ! MÊME QUE LES DEUX MADAMES, ELLES DORMENT DANS LE MÊME LIT ET TOUT ET TOUT. C'EST NICOLE QUI ME L'A DIT !

BON. EH BIEN, NOUS ALLONS VOUS LAISSER MANGER EN PAIX.

VOS... "ENTRÉES" !

JE... DÉSOLÉE, ESTELLE.

CE SONT DES ENFANTS. ILS NE PEUVENT PAS COMPRENDRE.

SI, QU'ON COMPREND ! C'EST VOUS, LES ADULTES, QUI COMPLIQUEZ TOUJOURS TOUT !

POURQUOI LES GENS NE DOIVENT PAS SAVOIR QUE LES DEUX MADAMES, ELLES SONT AMOUREUSES ?

DEPUIS QUAND S'AIMER, C'EST MAL ?

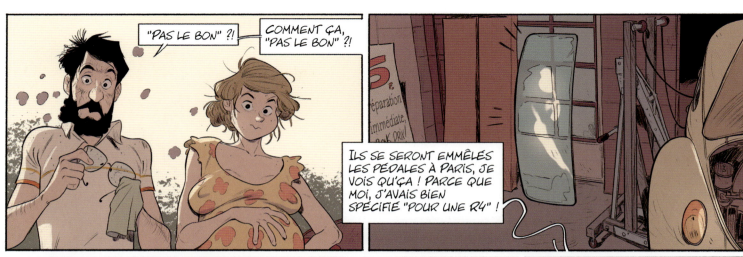

"PAS LE BON" ?!

COMMENT ÇA, "PAS LE BON" ?!

ILS SE SERONT EMMÊLÉS LES PÉDALES À PARIS, JE VOIS QU'ÇA ! PARCE QUE MOI, J'AVAIS BIEN SPÉCIFIÉ "POUR UNE R4" !

CES IMBÉCILES, À LA PLACE, ILS M'ONT LIVRÉ UN PARE-BRISE DE RENAULT R8. ET UN PARE-BRISE DE R8, JUSQU'À NOUVEL ORDRE, ÇA RENTRE PAS DANS UNE R4.

LE VÔTRE - LE BON ! -, IL ARRIVE LUNDI, DERNIER CARAT ! LE GROSSISTE ME L'A PROMIS SUR SES... ENFIN ! SUR CE QU'IL A DE PLUS CHER AU MONDE !

MÊME EN LE PLIANT EN DEUX.

QUOI ?! QUOI ?! LUNDI ?! MAIS C'EST LE 31, ÇA, LUNDI !

LE 1ER SEPTEMBRE, JE SUIS CENSÉE REPRENDRE LE TRAVAIL, MOI !

ET LES ENFANTS, LE CHEMIN DE L'ÉCOLE !

TOUT EST BIEN QUI FINIT BIEN, ALORS !

BEN OUI ! EN ROULANT DE NUIT, VOUS DEVRIEZ ARRIVER JUSTE À TEMPS POUR DÉPOSER VOS GAMINS DEVANT L'ÉCOLE POUR LA RENTRÉE DES CLASSES !

BON. J'AI COMPRIS...

ON PLIE BAGAGE.

LAISSEZ, ESTELLE. JE VAIS VOUS AIDER. VOUS POURRIEZ VOUS COUPER.

HE... HERBERT ?

VOUS M'AVEZ RECONNU ? MÊME SANS MON UNIFORME ?! MARQUERAIS-JE ENFIN UN POINT ?

ÇA VA RECOMMENCER !

LES RAGOTS ! LES REGARDS EN COIN ! LE MÉPRIS !

COMME QUAND J'ÉTAIS INSTITUTRICE À REIMS.

MPF...! LES GENS FINIRONT PAR SE FATIGUER. ILS S'Y FERONT BIEN UN JOUR, À LA VÉRITÉ.

COMME MOI.

LA VÉRITÉ ? J'AI DIT LA VÉRITÉ À MA FILLE. ET DEPUIS... DEPUIS, JE N'AI PLUS DE FILLE !

LES GENS NE SE FATIGUENT JAMAIS, HERBERT. JAMAIS ! C'EST MÊME PRÉCISÉMENT POUR CELA QU'ESTHER ET MOI, NOUS AVONS RECOMMENCÉ NOTRE VIE ICI, AU MILIEU DES CHÈVRES.

PARCE QUE LES CHÈVRES, ÇA DONNE DU LAIT, PAS DU VINAIGRE !

?!

??

?!?

?

MÊÊÊ !!!

LE FACTEUR ÉTANT EN CONGÉ AUJOURD'HUI, NOUS SOMMES VENUS VOUS APPORTER NOUS-MÊMES L'INVITATION POUR LE MARIAGE.

QUEL MARIAGE ?!

VOTRE MARIAGE !

Esther et Estelle

ALORS ? NE DIRAIT-ON PAS QUE VOUS AVEZ UNE NOUVELLE VOITURE ?

C'EST À PEINE SI JE LA RECONNAIS !

ET MAINTENANT ? DIRECTION LA BELGIQUE ?

C'EST CE QUE LES ENFANTS ET ÉPOUSE CROIENT, EN TOUT CAS. NOUS AVONS DÉJÀ DÉMONTÉ LA TENTE ET REMBALLÉ TOUTES NOS AFFAIRES.

MAIS EN RÉALITÉ, J'AI DÉCIDÉ DE PROLONGER NOS VACANCES, HISTOIRE DE PASSER, MALGRÉ TOUT, QUELQUES JOURS DANS "NOTRE" CALANQUE.

QUE...?! ET VOS GOSSES ? ILS N'ONT PAS ÉCOLE ?

BAH ! J'INVENTERAI BIEN UN PRÉTEXTE QUELCONQUE POUR LEURS INSTITUTEURS !

"IN THE SUMMERTIME, DADADI DAMDAM !"🎵

ALORS, MAM'ZELLE ESTÉREL ?

HEUREUSE ?

MAMAN !

MAMAN !

REGARDE, ELLE EST BIEN RÉVEILLÉE ! CETTE PETITE FILLE EST UN PAQUET DE NERFS...

BIENVENUE, PAULETTE !

VENEZ ! ON VA ORGANISER UNE FÊTE POUR LE BAPTÊME DU BÉBÉ.

CETTE FOIS, C'EST MOI QUI FAIS LE CURÉ !

ÇA EXISTE PAS, LES FEMMES CURÉS !

OUI, BEN... ÇA VA CHANGER !